JILL

Lou Valérie Vernet

JILL

Dessins de Martine B,

Artiste Peintre.

@2024, Lou Valérie Vernet
Édition : BoD · Books on Demand GmbH, In de Tarpen 42,
22848 Norderstedt (Allemagne)
Impression : Libri Plureos GmbH, Friedensallee 273,
22763 Hamburg (Allemagne)

ISBN : 978-2-3225-5271-9

Dépôt légal : 04/12/2024

A l'Amour,

Aux Femmes,

Et à ce satané besoin d'Aimer !

Et vivre sans amour

N'est simplement pas vivre

La princesse d'Elide, Molière.

Paris, 3 février 2022

Jill, Ma Joie, mon Intime et mes deux L pour nous envoler si haut. Tout un poème s'il n'avait manqué le E de la fin.

Celui qui ne s'entend pas, ne se prononce pas, auquel on ne pense pas puisqu'il n'a pas lieu d'être. Et pourtant, ce E manquant fut tout ce qui précipita notre chute.

Quelle Energumène !

Effrontée, Excitée, Extrême, Etourdissante.

Un feu follet à elle toute seule.

Irradiante jusqu'à la folie.

Je pourrais choisir la moitié du dictionnaire pour vous la décrire, tenter d'y retrouver un semblant de sens, lui en vouloir.

Spontanément, me vient en bouche, en cri, en perdition le E de Erreur, Egoïste, Enervante, Entourloupe, Embûche, Epilogue.

Ou mieux Epitaphe.

Comme l'ultime paraphe entre ma vie d'avant et celle d'après sous laquelle je repose, vidée.

Malheureuse.

Parce qu'avant tout, elle m'apparut Excitante.

Je ne connaissais pas son nom, je l'avais à peine croisée et l'instant d'après, elle était dans mes bras, ma bouche, partout sur mon corps.

Et mon existence.

Avec ses grands yeux noisette, sa longue silhouette, sa façon bien à elle de se déhancher en hurlant à pleine voix.

Je n'étais pas la dernière à faire la fête et à m'enhardir sur une piste de karaoké, un vendredi soir.

Je ne dirais pas que j'étais là par hasard. J'étais venue seule mais voulais repartir à deux.

Non que j'en ai l'habitude mais ce jour-là, je devais dégager les mêmes phéromones qu'elle, aiguisés d'envie, de besoin, d'urgence parce que c'est ce que nous avons fait au bout d'une heure seulement.

Juste avant, il y avait eu les sourires, les œillades, les frôlements, le savoureux tintement de ses talons hauts quand elle a fini par se rapprocher de moi.

Légèrement plus grande, plus fine, plus âgée aussi me semblait-il. En témoignaient ces irrésistibles pattes-d'oie blanches presque gommées par une carnation mate, chatoyante de soleil.

Elle portait le livret des chansons vers moi, offert comme un cadeau. Ou un défi.

Elle tournait les pages, désignait un titre, me souriait, recommençait.

J'accédais à ses choix, piochais ici et là, un peu par hasard, par habitude ou par facilité.

Un joli panel entre « Je vais t'aimer » de Sardou en passant par « L'envie » de Johnny Hallyday ou encore « Pour le plaisir » de Herbert Léonard.

Le message semblait clair, digne de la plus grande ringardise, sentimentalo à souhait ! « I will survive » surtout que nous avons fini par massacrer avec panache.

C'était à celle qui mettrait le plus de hargne possible, de revanche, de non-dits accumulés à prévenir l'autre de ce qui l'attendait.

De là où elle venait.

De là où on ne la reprendrait plus.

À celle qui voulait gagner déjà.

Prouver que plus rien ne l'abattrait.

A bout de souffle toutes les deux, expurgées du passé, Gloria Gaynor en écho encore dans nos tremblements de voix, elle a fini par glisser sa main dans la mienne.

Et je l'ai suivie.

Sans comprendre, sans savoir ce qui m'arrivait et sans écouter ma petite voix intérieure qui, au milieu du vacarme, a pourtant tenté de me retenir.

J'avais son nom, « Jill », murmuré dans mon oreille, qui m'avait littéralement conquise. Une syllabe, un souffle d'air, efficace, terriblement sexy.

Envoutante.

Tout s'est accéléré vraiment dans la voiture.

C'est elle qui m'a embrassée la première, qui a glissé sa langue entre mes lèvres, qui l'a enfouie avidement.

Comme si elle avait faim et soif et qu'elle cherchait à se rassasier.

À ce moment-là, elle était irrésistible.

Parfaitement impatiente.

Je l'aurais suivie jusqu'au bout du monde si elle me l'avait proposé.

Dès lors que j'ai respiré le même air qu'elle, j'étais devenue accro.

Dès lors que ses doigts m'ont emprisonnée, j'étais sienne.

Je vivais là ma première osmose.

Mon premier vrai abandon.

Et pourtant, je sortais d'une longue relation qui m'avait laissée à moitié morte, de l'amertume au cœur et des bleus à l'âme. Mais avec elle, c'est comme si je renaissais, vierge de tout. Ce fut immédiat, irrésistible, irrépréhensible. Comme une évidence.

Je la sentais pulser dans mes veines, le sexe vibrant de désir, la gorge nouée.

C'est elle encore qui m'a susurré hardiment d'aller chez moi. Avec une mimique à faire fondre tous les icebergs de la terre.

À mesure que je conduisais, sa main commençant d'effeuiller hardiment mon anatomie, mon corps entier devenait eau, devenait source, devenait océan.

Je n'étais pas seulement humide, je devenais liquide. Sa voix, je l'entendais nettement à présent, loin du bruit et de la foule.

C'était une voix douce et suave avec un léger accent. De quelque part plus au sud/sud-ouest.

J'appris très vite que j'avais raison, qu'elle était originaire de Pau, qu'elle avait rallié Paris à la fin de ses études de langue (tiens donc !... j'avais souri bêtement) pour vivre sa vie, être libre et surtout anonyme dans le grand Paris.

Parée pour l'aventure.

La bonne blague pensais-je pour moi-même.

Elle avait commencé de caresser mes seins sur le A de aventure, glissant dans mon décolleté, ses lèvres en sourire et en baisers dans mon cou.

J'aurais bien garé ma voiture dans une impasse mais je continuais de conduire, vite et mal, complètement subjuguée, tremblante et silencieuse.

J'aimais qu'elle me parle et qu'elle me caresse en même temps, c'était comme si elle nous dévoilait de l'extérieur et de l'intérieur simultanément.

Comme si elle me donnait à voir toute la palette de son Jill agile, experte.

Elle avait cette façon totalement libérée de me rencontrer, tout en prenant possession de moi.

Pour chacune de ses paroles, une caresse m'était offerte.

J'en avais le souffle coupé.

Elle découvrait mon corps, je découvrais sa vie.

Il était pourtant temps qu'on arrive.

Que cesse le bavardage.

J'étais passive depuis trop longtemps. Soumise à ses élans sans pouvoir y répondre.

Je rêvais de la faire taire en fait.

De la déshabiller.

De la respirer.

De l'explorer.

J'étais comme une marmite prête à exploser, en ébullition, brulante.

Capable de débordements.

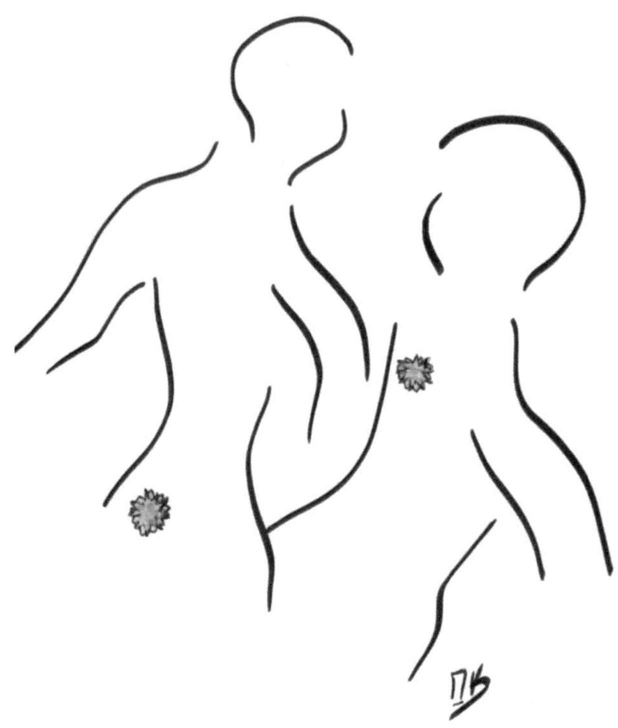

Mon audace s'est libérée à l'instant où j'ai garé la voiture. Je me suis tournée vers elle et dans une pulsion incontrôlable, presque violente, je l'ai assaillie.

De tout mon être sur le sien, comme une bête affolée, prise dans un tourbillon, voulant tout, tout de suite, ne sachant plus qui de sa peau ou de la mienne frémissait le plus.

Passé cette espèce de saillie animale, essoufflée, comme fiévreuse, je me suis écartée d'elle, j'ai souri, triomphante et je l'ai regardée.

Longtemps.

Je voulais plonger dans le fond de son âme, la sonder en profondeur. Ses pupilles étaient dilatées comme après avoir fumé un bon pétard.

Nous planions à des hauteurs insoupçonnées, comme hypnotisées, rivées l'une à l'autre, sans parler. Accaparées par notre besoin de vérifier que nous traversions la même émotion. Le même délire. C'était d'une jouissance exquise, d'une beauté incroyable.

Cette plongée en l'autre, cet entremêlement de nos moi profonds.

Totalement mises à nu.

Et puis, au bout d'un moment, Jill, ma Jill que je voulais posséder déjà, au moins dans ce déterminant, murmuré d'un son rauque, a éclaté de rire. Comme ça, brisant le charme, en pleine envolée.

Un rire profond, joyeux, presque enfantin. Une saccade de grelots qui remplissait tout l'habitacle, et se répercutait à l'infini. J'aurais pu lui en vouloir mais non, c'est là, précisément là que je suis tombée amoureuse.

Il y avait tant de vie dans son rire, un tel élan spontané, une foutue aptitude à balayer le sérieux, à s'enivrer de bonheur, à le multiplier. C'était une bouffée d'air frais alors même que la température venait de frôler les 50 degrés, échauffées comme nous l'étions, les sens en effervescence.

Au dehors, il s'était mis à neiger, un vol de flocons comme un ballet de danseuses en tutu blanc.

Une myriade de scintillement virevoltant. Qui nous encerclait. C'était juste magique !

Nous étions en plein embrasement et voilà qu'il neigeait. Le temps s'était arrêté et elle, elle continuait de rire.

J'ai aimé qu'elle ose se permettre d'être si décontractée et drôle et terriblement touchante tout à la fois.

Je devinais d'instinct que son humour à ce moment-là cachait en fait une grande sensibilité. Impossible à contenir. Qu'elle se devait d'évacuer.

Cet étonnement, cette fusion, ce sans retour que nous expérimentions depuis quelques minutes déjà nous avaient littéralement dépassées.

Ce rire, c'était la porte de sortie.

L'occasion de passer à une autre étape.

De s'écarter dans un presque déchirement, sans se quitter des yeux, de déverrouiller les portes et sitôt dehors, de nous enlacer à nouveau, comme deux koalas en perdition, en remontant la rue jusqu'à mon appartement.

Un deux pièces coloré, propre, rangé (j'avais dû avoir une prémonition), témoin du joyeux bordel qui allait suivre.

Ce qu'il reste d'un endroit quand l'urgence d'aimer prend toute la place.

Seul le silence, saturé pourtant de nos gémissements, a surpassé ce déchainement physique.

De l'instant où elle est entrée chez moi jusqu'à celui où, deux jours plus tard, je l'ai entendue claquer la porte. Les mots n'auraient eu aucun sens supérieur à ce que nous traversions.

Une harmonie d'instant présent à l'état pur.

Nues la plupart du temps et légèrement ivres aussi.

Nous avons passé le weekend à nous goinfrer de sexe, de vin, de sommeil, d'agapes livrées par des coursiers à qui nous ouvrions à tour de rôle, à peine vêtues.

Nos mains parlaient pour nous.

Nos doigts couverts du plaisir de l'autre qui servaient aussi bien aux caresses, à manger, se verser un verre de vin, qu'à se laver mutuellement.

Nos mains, nos bouches et nos sexes, bien sûr. Avec cette petite flèche qu'elle s'était fait tatouer en dessous du nombril qui s'arrêtait à la naissance de son pubis et à côté duquel elle avait cru bon d'écrire :

« Sens de la visite ».

Comme si on pouvait se perdre, ne pas avoir envie de trouver le graal, de fouiller là.

C'était d'une sensualité folle.

D'une provocation insoutenable.

Comme une phrase d'alerte, un mot d'ordre, une trajectoire irrévocable qui m'obligeait à y revenir sans cesse.

Hypnotisée par son audace, son sens de l'humour aussi, sa folle impudeur.

Le texte était quasi illisible, il fallait être très près pour le déchiffrer et c'était bien là, tout l'enjeu. Après ça, impossible de s'en détacher.

Lire et relire un auteur, n'est-ce pas le pénétrer à chaque fois plus profondément ?

L'inviter chez soi ?

En soi ?

Lire et relire Jill, n'était-ce pas commencer à l'aimer ?

C'était être gorgée d'elle jusqu'à épuisement. Jusqu'à l'extase. Le comble de la volupté. Nos rires, ses petits cris, les miens en écho, ce drôle de silence planté là, qui interdisait les mots, ne tolérait que l'extravagance de nos râles. Comme pour mieux guetter l'autre, le sentir vibrer, monter en puissance et d'un coup, se libérer.

Puis, comme si tout ceci n'était que les préliminaires à un feu d'artifice plus grand encore, il y eut cet instant entre tous.

La découverte de nos ventres.

L'une sur l'autre, parfaitement imbriquées, une connexion au-delà du sexuel.

Incroyablement sensuel. Une espèce de reconnaissance primitive, pulsionnelle. A la genèse de tout ce qui nous avait façonnées jusque là. Nos ventres, collés ensemble, incapables de se désolidariser, de retrouver leur propre pulsation sans ressentir celle de l'autre. Comme deux siamoises qui se seraient reconnues.

L'amour comme je ne l'avais jamais fait.

Autrement que par le sexe, la bouche, les doigts, les gadgets.

Une osmose qui nous soudait, nous aspirait, qui éteignait tous les sons.

Combien de fois et pendant combien de temps, nos ventres se cherchaient, s'appelaient, gémissaient, quémandaient le retour de l'autre. Comme si un fil invisible nous avait raccordées qui ne pouvait être distendu de plus de quelques mètres. De quelques secondes.

Des secondes suspendues dans le temps où nous nous regardions les yeux dans les yeux, surprises et terrifiées à la fois.

La jouissance venait ainsi. D'un lent mouvement. D'un subtil frottement. Une ondulation à peine perceptible qui descendait dans mon sexe et me soulevait comme une lame de fond pouvait soulever une mer déchainée. Sans que l'on sache comment exactement. De quelle façon cela se produisait. Presque malgré moi. Presque malgré elle.

Nous ne maitrisions rien.

Je le percevais intuitivement, pour elle comme pour moi, ce plaisir-là était nouveau.

Dévastateur.

Deux aimants qu'une force muette et transcendantale ramenait au centre d'un tout qui nous échappait.

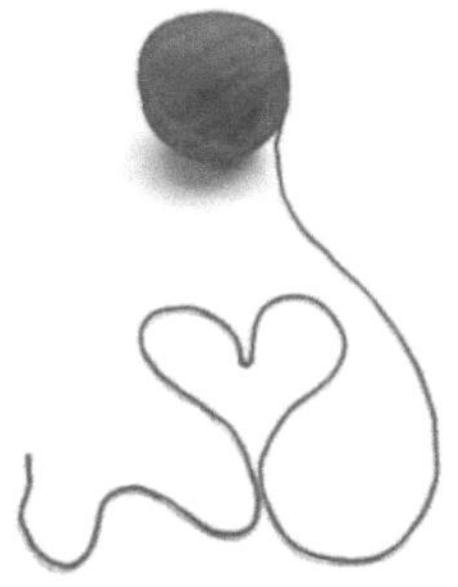

À cela, il n'y avait pas de vocables.

Nous nous réjouissions de cette extase qui semblait ne vouloir s'achever que dans une petite mort, un dernier cri, un sursaut.

Et nous recommencions.

Stupéfaites que le plaisir naisse ainsi. Qu'il nous électrise de la tête aux pieds. Qu'il nous laisse pantelantes et pourtant inassouvies.
A chaque fois le besoin était plus fort de récidiver.

Pendant que nos ventres jouaient une partition inconnue, nos bouches, nos langues, notre souffle même s'appelaient aussi, se cherchaient, s'entremêlaient.

Unie de bas en haut, chacune de nos respirations venait de l'autre.

Grâce à l'autre.

Par l'autre.

Nous nous endormions ainsi, épuisées, tremblantes, secouées de spasmes. Subjuguées.

La douceur de sa peau, son odeur, sa façon de jouir, de tout me donner, d'ouvrir son corps à mes caresses me donnait parfois l'envie de pleurer.

J'aurais pu jouir juste à la regarder. J'aurais même pu m'évanouir. Tant nos ivresses étaient longues, fortes, entières.

Tout cela n'avait rien à voir avec la pénétration, à grands renfort de godes-ceintures ou de vibromasseurs multicolores comme le monde lesbien est friand.

C'était de l'ordre de l'effleurement, du ressenti, de la jonction presque miraculeuse de deux âmes qui se seraient reconnues, absorbées, diluées ensemble.

Nous ne faisions pas l'amour.

Nous étions l'amour.

Aucun jeu de pouvoir, de domination. Aucun besoin d'asservir l'autre à des directives ou des besoins triviaux.

Nos gestes étaient à l'unisson, se répondaient mutuellement.

Chacune notre tour.

Mais jamais ensemble.

Peut-être est-ce là, quand on a eu envie de s'attendre, de se rejoindre, de vouloir quelque chose d'autre, de demander plus, encore, plus grand, quelque chose qui nous échappait, que nous ne contrôlions pas du tout, que tout a commencé à foirer.

Deux jours d'abandon total mais pas une seule fois, simultanément.

Dès lors, ce fabuleux silence s'est éteint et le bruit a rempli tout l'espace entre nous. Nos voix ont pris la place de notre simple respiration, les mots se sont mis à s'agiter, questionnant l'autre.

Soi. Se mettant en cause. En doute. En peur. Susurrant, quémandant puis exigeant.

Alors, la magie a commencé de disparaitre.

À forcer le plaisir, l'ordonner, le contraindre à une espèce de supposé devoir de réussite, il n'est plus rien rester de nos belles envolées solitaires. Et pourtant mutuelles.

Comme si jouir séparément n'était plus suffisant. Comme si s'apercevoir d'un seul manque effaçait tous les pleins précédents.

La déception s'infiltrait insidieusement à coups de pourquoi démuni de réponse.

Pourquoi on est si près, si denses, si unies mais pas ensemble ?

Pourquoi on fusionne ainsi mais qu'on ne s'envole pas en même temps ?

Et ça t'est déjà arrivé ?

Dis-moi en vrai ?

Un truc aussi fou ?

Il aurait fallu se taire. Peut-être attendre.

Recommencer encore.

Laisser faire cette belle diablerie qui nous avait portées bien plus loin que tout ce que nous avions vécu jusque là. Mais non, nous voulions une chose que nous connaissions bien, qui se devait d'être l'aboutissement et qu'on nous refusait.

Comme si on nous avait promis un cadeau mais qu'une fois déballée, la boite se révélait vide. C'était du grand n'importe quoi ce gaspillage. On aurait dit deux enfants gâtés qui faisaient un caprice.

J'ai bien essayé d'opposer mon calme à ma Jill si Envoutante, que je découvrais alors d'un coup Egoïste, Enervante, dans l'Erreur, semant les Embûches à la mitraillette, sentant l'Entourloupe arriver si ce n'est l'Epilogue.

J'ai tenté d'expliquer que ce n'était que le début, qu'on avait déjà beaucoup de chance, que c'était quasi miraculeux, tout ça. Mais Jill n'en démordait pas. Elle voulait cette jouissance pleine et entière, là, maintenant, avec moi ou elle s'en irait.

J'aurais bien ri à mon tour de cette menace mais je ne l'ai pas fait.

La femme que je découvrais à présent m'abasourdissait. Je sentais qu'elle pouvait fuir à tout moment. Que nous n'aurions jamais l'occasion de vérifier que notre alchimie n'en était qu'à ses balbutiements, qu'il fallait juste ne rien attendre, donner encore. Pour recevoir plus. Bientôt. Peut-être même demain. Ou dans six mois.

Et qu'importe au fond.

Je pensais naïvement que nous avions la vie devant nous.

Une telle rencontre ne valait-elle pas mieux qu'un stupide spasme réciproque ?

Il faut croire que non.

Les choses se sont vraiment gâtées quand elle a voulu recommencer une dernière fois.

Elle avait un regard suppliant, une telle fragilité dans son entêtement que j'ai craqué.

J'ai compris qu'avec elle, ce serait toujours ainsi. Qu'elle était dans le tout ou rien.

Qu'il n'y avait aucune compromission possible. Que ce n'était même pas un enfantillage.

On aurait dit que sa vie en dépendait. Qu'elle ne se relèverait pas de cette désillusion.

Alors nos lèvres se sont tues et nos corps ont recommencé à parler.

Elle m'a étendue sur le lit, je me suis laissé faire, craignant déjà que rien ne se passe. Que notre dispute ne laisse aucune place à ce qu'elle venait chercher. Elle s'est mise à embrasser mon corps lentement. Partout. Le léchant au millimètre. Elle avait des gestes mille fois rejoués. Que je connaissais par cœur. Qui ressemblaient à d'autres.

Elle a écarté mes cuisses, enfoui sa tête, sa langue. Ses doigts.

J'ai essayé de me détendre. J'ai feint d'aimer ça. D'y croire. De lui concéder que ça pouvait marcher.

Et ça a marché.

Malgré moi et notre presque dispute.

Ma Jill experte était revenue.

Je m'alanguissais à vue d'œil.

Je redevenais liquide. Affamée. Chatte miaulante. Brulante. Ondulante.

Forte de son exploit, elle s'est retirée de moi, s'est glissée sur mon ventre, je sentais le sien frémir en concordance, nos bouches se sont happées, nos souffles sont redevenus amis, amants, exaltés.

La sorcellerie revenait, arrimées l'une à l'autre comme une seule entité.

Nous sommes restées ainsi un long moment, sentant le plaisir se propager dans nos girons, montant subtilement, grouillant d'oiseux agités, nous butinant allégrement.

Nous allongions le temps, étirions les secondes, le regard planté dans celui de l'autre, désireuses toutes les deux de l'instant suprême. Du cadeau tant attendu.

Mais il n'est pas venu.

J'en avais des vertiges.

A force de me retenir, d'épier nos moindres souffles, de vouloir être à la hauteur, au bon timing, j'ai craqué.

Ça m'a prise de plein fouet, par surprise, une houle plus forte encore que toutes les précédentes et j'ai joui. Seule. Pour moi. Sans me soucier d'elle.

Et comment aurais-je pu faire autrement ?

C'était là, c'était à vivre. Plus fort que tout. Si dense et impérieux.

Un besoin de relâcher la vapeur, de me laisser aller, d'exploser ma liesse.

Une fois encore, je n'ai rien maitrisé.

C'était au-dessus de mes forces, au-dessus de ma volonté.

Je l'ai tenue serrée dans mes bras longtemps, comme une noyée en perdition sur son radeau, rescapée d'une tempête insidieuse.

Je ressentais des fourmillements partout.

Il fallait qu'elle soit là, qu'elle me maintienne aussi. Surtout qu'elle ne me lâche pas.

Je planais à dix mille. Je voulais faire durer l'instant. L'amener à me rejoindre. Même après coup.

Qu'elle sente toute l'intensité du moment comme je le vivais. Plongée comme dans un état second.

Il existait cet espace où nous allions nous retrouver. Tout de suite. À peine quelques secondes d'écart et nous y étions.

Je le savais.

Elle non.

Brusquement, elle s'est écartée de moi.

J'ai senti un déchirement. Un vide.

Une béance exactement là où elle était avant. J'ai senti mon sang se retirer de moi.

Ma tête se remplir d'une drôle de brume.

L'instant d'après, il était trop tard.

Elle avait claqué la porte.

Depuis je l'attends.

J'ai vécu six mois, trois jours et sept heures ainsi.

En apnée. Ecartelée. Dissociée.

Six mois, trois jours et sept heures à espérer un signe, qu'elle surgisse, à croire qu'un second miracle se produirait.

Je n'avais aucun moyen de communiquer.

Je ne connaissais d'elle que son nom, Jill sans E. et l'endroit où nous nous étions rencontrées.

Croyez-moi, j'y suis retournée au Karaoké.

Tous les vendredis soir depuis. Et même les samedis.

Chaque chanson que j'entendais, que nous avions chantée, me broyait les entrailles.

Mais à chaque fois, j'y suis revenue.

Et j'ai attendu.

Personne n'a su me dire qui elle était.

Où elle habitait

C'était comme si j'avais rêvé.

Tout inventé.

J'ai même pensé qu'on avait pu me verser une drogue dans mon verre ce soir-là et que je m'étais fait un mauvais film.

Genre bad trip à haute dose. Complètement déjantée la nénette. Disjonctée jusqu'à l'os.

J'ai même fini par le croire. Et puis j'ai arrêté d'attendre.

Dix huit mois, deux jours et cinq heures plus tard, je l'ai croisée dans la rue.

C'est son rire qui m'a avertie.

Son rire que j'aurais reconnu entre mille.

Sur le trottoir en face du mien. Au bras d'une jolie blonde.

Toute jeunette.

Je suis restée statufiée quelques secondes et puis, mon sang n'a fait qu'un tour.

Tout m'est remonté dans la gorge, en passant par le ventre. Un tourbillon d'émotions, de malaise, de rancœur.

Une sale bile, vraiment.

J'ai pourtant choisi de traverser la rue et de me planter devant elle. Il fallait au moins que je sache si tout ça était vrai.

Si mon désespoir en valait la peine.

Pourquoi elle avait disparu.

Elle n'a pas paru étonnée de me rencontrer.

Au contraire même, elle a souri.

Elle n'a rien expliqué, ne s'est pas excusée. Elle m'a juste présenté sa fille. Aurore. Prétextant, en la désignant, qu'elle n'avait pas le temps pour un verre, là mais qu'elle serait ravie qu'on remette ça à plus tard.

J'étais éberluée devant tant de décontraction, de nonchalance.

J'ai réussi à bafouiller un « ok, si tu veux.. » et mentalement, j'ai noté le rendez-vous qu'elle me proposait

Vendredi prochain au même endroit.

Comme si j'allais me faire avoir deux fois.

…

J'y suis pourtant allée mais en me cachant, à l'extérieur. Je ne voulais pas arriver avant elle. Je ne voulais même pas qu'on me voie dans ce lieu où j'avais noyé mon chagrin jusqu'à la dernière goutte.

Je voulais être là et ne pas y être. Espérer et ne pas y croire. Fuir et rester.

Tout à la fois.

Elle a fini par arriver, dans la lumière du soir, nappée d'une sorte de halo irréel. Ou alors je me faisais des idées.

Peut-être n'était-ce que son fantôme ?

Je l'avais tant attendue, tant cherchée, tant vue partout tout le temps que cette fois-ci je n'y croyais plus.

Je l'ai tout de même rejointe. Désireuse d'en finir une bonne fois pour toutes.

Et bien évidement, tout a recommencé.

Cette femme m'aimantait, me consumait. Comme une lave en fusion recouvre tout. Absorbe tout. Annihile tout.

Le charme, l'attirance, la soirée. La nuit qui a suivi.

C'était écrit. Je ne pouvais pas lutter.

Je n'en avais plus envie.

Et cette fois-ci, nous avons joui. Plusieurs fois. A chaque fois Très vite. Puis plus lentement. Ensemble. Comme si c'était naturel. Entendu.

Normal.

Peut-être parce qu'elle m'avait raconté et ce faisant, se sentait libérée.

Son mari, sa fille, cette première fois avec moi. Ce à quoi elle n'était pas préparée. Façonnée pour une vie dans les clous. Et l'envie cette nuit-là de tout envoyer au diable. Son mariage battait de l'aile. Tout ce que cette expérience a engendré. Ce lien si bouleversant. Le faux prétexte pour me quitter. Ne pas revenir. Tant chez elle c'était tout ou rien. Qu'elle ne voulait pas de moitié avec moi. Pas de demi. Pas de tiède. Plus jamais de faux. Le courage et le temps qu'il lui a fallu pour rompre avec son mari. Divorcer. Se reconstruire. Non elle ne voulait pas m'embarquer dans cette galère. Dans le chaos qui s'en est suivi. Avec en creux, dans son ventre, cette impossibilité de m'oublier.

Toutes les fois où elle a voulu revenir.

Combien elle a hurlé en silence.

Et ce jour, par hasard, où justement elle avait décidé de donner signe de vie et que j'étais apparue. Comme si la vie lui refaisait le cadeau et que cette fois-ci, elle allait l'accepter. Elle avait quitté son mari. Sa fille était au courant.

Ne restait plus que moi à convaincre.

Si je voulais encore…

Un livre à quatre mains…

L'une écrit, l'autre dessine.

L'amitié ordonne le lien d'un projet comme un défi… et pourquoi pas ?...

Subjuguer un peu plus l'histoire…

Merci infiniment Martine pour ton talent !

MB. Artiste peintre
Expositions 2024. Gouli Palace, Paris
Salle Jean Forat, Créteil

Créatures tantôt solitaires, tantôt fusionnelles…
Courbes et coulures au féminin sont devenues
au fil du temps source d'inspiration sans fin…

Merci Lou

La lecture des lignes noires couchées là sur le papier, signées Lou Vernet, très évocatrices d'images, fut aussitôt source d'inspiration pour d'autres lignes noires, ondulantes cette fois-ci, couchées là sur un carnet.

Une partition jouée à quatre mains…

MB.

Pour lui écrire : martine.bohot94@gmail.com

Quant à moi, si nuitamment, il vous pousse

Des histoires à me transmettre,

Retrouvez-moi, ici ou là…

https://www.louvernet.com

Ou sur FB :

https://www.facebook.com/RomanLouVernet

Et même par mail :

louvernet67@gmail.com

Cette nouvelle existe aussi en version

Ebook, Epub, etc…

sur le site initial : https://skaediteur.net